明天是“猪日”

[日]矢玉四郎/著

彭　懿/译

二十一世纪出版社集团

21st Century Publishing Group

1 真话报

我叫畠(tián)山则安。三年级三班。绰号“十元便宜货”。

我是报纸记者了,了不起吧?

今天,我在学校里学习了报纸的作用。

说到报纸,有印刷几百万份,发行到全国的;也有像《年级报》那样最多只印五十多份就够了的。各种各样的都有。

还有像《家庭报》什么的,一个人办的报纸也有不少。

所以，我决定也出一份报纸。

说是这么说，可真要复印好多份报纸，发给别人，我的零花钱一下子就没有了。可我又想让许多人都能看到这张报纸。

我决定出张墙报。

把内容写在一张大大的纸上，往什么地方一贴，就行了。

新闻太多了，写什么事情我一点都没费脑筋。

我马上就写好了第一号。

最奇怪的是竟会把郊游的事给忘啦！

那天明明约好了在车站集合，她却背着书包像往常一样上学去了。学校里一个人也没有。

真话报

1

白田山报社

日本第一忘事大王

三年级三班的吉本是头号忘事大王。

雨伞什么的已经不知道丢掉多少把了。笔记本呀，文具盒和课本也总是忘记带来。有一次连书包也忘记带啦。

我家附近，有一座小庙。

那里，竖着一块布告牌。

我决定把报纸贴到那上面。

以前贴在上面的宣传画，已经褪色了，字也看不清了。

谁也不去看布告牌。

如果我把报纸贴到上面，这块布告牌一定很开心吧！

我打开《真话报》，把四个角用图钉结结实实地钉在布告牌上。

“行了。可大家会不会读呢？”

我怕被别人看见，怪不好意思的，马上就溜掉了。

从今天开始，我就是报纸记者了。这么一想，我觉得好神圣。

刚才稀里糊涂地走过来的路上，没有什么新闻吧？我一边东张西望，一边往回走。

傍晚，因为放心不下，我远远地看着布告牌。

但人们连看也不看，就走了过去。

“真是的，读读不是挺有意思的吗？”

不过，有一个人仔细读过了。

但不是一个好读者……

是第二天的事情。早上去上学时一看，报纸被画得乱七八糟了。

是用铅笔涂的，一塌糊涂。

本来就是一块旧了的布告牌，木头纹露在外面，板子也是坑坑洼洼的，好不容易才写出来的报纸，被铅笔戳得净是洞。

“哼哼，谁干的哟？”

我难过得不行。

不过我马上就知道谁是犯人了。

到了学校，刚一进教室，吉本就瞪着我叫道：

“你好坏啊，为什么要写那些事？”

她生气了，脸蛋都气鼓了。

“啊，原来是被你给画得乱七八糟的！”

“我没有每天忘那么多事啊！你净瞎写。”

“不是真的吗？”

“你太坏了，太坏了——”

吉本抽抽搭搭地哭了起来。

因为这个，我被班级里的女孩子们围住，她们七嘴八舌地把我骂了一顿。

报纸的作用，最重要的一点，就是要把真实的事情如实地告诉读者。

正因为如此，我才特意给报纸起了个名字，叫《真话报》。

写了真实的事情，反倒挨了一顿臭骂，真叫人受不了。报纸记者也太难当了。

可是，也不能因为这么一点小事，《真话报》就不办了。

正巧这一天，放学回家的路上，就在我眼前发生了一起交通事故。

作为一名报纸记者，这样的新闻可不能漏掉。

我热血沸腾。

“好吧，我就写篇报道吧！”

我连忙把事故的情形记了下来。

一回到家里，我立刻就写好了《真话报》第二号。

的妈妈。她马上就被送进了医院，但因为只受了一点轻伤，就走着回家了。

目击者的话

那么肥的人，却骑着一辆那么小巧的摩托车，还摇摇晃晃开得飞快，危险啊！

不，是出租车不好，见有乘客，就突然转个弯。太可怕了！

真话报 2

畠山报社

交通事故

千万小心

今天下午2点左右，泉町的十字路口上，绿色的出租车和摩托车撞到了一起。骑摩托车的是富士贝新区的横山典子（主妇，38岁），四年级二班横山良夫我马上就把它贴到了布告牌上。

我出了一张好报纸。要知道,这是刚刚才发生的事情啊。

这就叫“最新消息”。

我一边在庙后面玩，一边注意着布告牌。

“哎呀，不就是那个十字路口吗？这也太可怕了！”

“还真有人乱开车呢。”

阿姨们读着我写的新闻，七嘴八舌地说。

“那张报纸，是我写的啊——”

我真想放开嗓门，大喊一声。

可是，不一会儿，横山良夫来了。

良夫一把扯下了报纸，冲我跑过来。

“为什么要写这个？”

“因为是报纸啊。”

“报纸就可以什么都写吗？”

良夫用肥胖的身体撞了我一下。

“不是事……事实吗？”

“你瞎说，我妈妈才不肥呢！”

良夫把《真话报》稀里哗啦地揉成一团，塞到了我的嘴里。

“啊哇哇……”

“你少管闲事！”

良夫说完，就撒腿逃掉了。

“完了！好不容易写的……”

光是找新闻，写到纸上，就已经够费劲儿了。才贴上，又被撕碎了。我再也不想干了。

在学校，学习关于报纸的知识时，老师是这样告诉我们的：

“长久以来，出版报纸，就是一件非常不容易的事。费了老大劲儿写的新闻，不是被涂抹，就是挨骂。尽管如此，办报纸的人还是坚持办了下去。”

好不容易开了头，出到第二号就停刊，也太让人生气了。

不过，好好想一想，吉本也好，横山良夫也好，发脾气也不是没有道理的。

换成我，要是谁在报纸上写“十八号那天早上，畠山君在单杠边上挖鼻孔”，即便是真有这么一回事，我也非生气不可。

这叫“个人隐私”。

这样一来，不就出不了报纸了吗？

可是，我找到了一个好办法。

2 吹牛报

晚上，我们全家一起看电视。电视剧结束时，出现了这样一行字：

本剧纯属虚构，剧中人物姓名、团体名称，

均与现实毫无关系。

我问爸爸：

“这是什么意思？”

“嗯嗯，这个嘛，总是有人对电视台提出意见。像什么把自己当成角色编进电视剧里啦，哪个地方有点出入啦。”

“不是电视剧吗？”

“是啊，有人就是分不清是编出来的戏，还是现实世界。所以要说明一下，纯属虚构，与任何地方的任何人，都没关系。”

这让我想到了一个好主意。

不出《真话报》了，出一张《吹牛报》吧！

这样一来，不论写什么事情，都没人提意见了。

哈哈哈，太好了。

反正是吹牛，写什么乱七八糟的东西都行。

我坐到桌子前面，铺开了白纸。

头上长出的花来。

大家开心地说，现在正是看郁金香的时候。

吹牛报

吹牛报 1

本报纯属瞎编

了郁金香

头发乱蓬蓬的A子，特别讨厌在浴室里用洗发水洗头，十天也不洗一次头。不知怎么搞的，脑袋上竟长出了郁金香。每天浇点水，长得格外旺盛，终于开出了鲜红我把《吹牛报》第一号贴到了布告牌上。

“怎么样？这下可要让大家吃惊了！”

我心里别提有多痛快了。

不过，又不对头了。尽管“吹牛报”几个字写得清清楚楚，人们还是像读真实的新闻一样，信以为真了。

阿姨们站在路上聊开了：

“头上长郁金香，不是挺好看吗？”

“换成我，还是长红玫瑰好。”

“比起花来，种西红柿怎么样？”

“我说，你种辣椒

最合适。”

“你也太损了,你脑袋上种个南瓜怎么样?”

她们当真了,竟吵起架来了。说着说着,话就变得刺耳起来。

不过,知道有人读我写的报纸,感觉还是挺不错的。因为是吹牛,大家觉得怪有意思的。

反响还不错,报纸也就一直贴在了那里。

好些天过去了,想不到,发生了一件让人吃惊的事情。

我放学回家，只见一位陌生的阿姨和一个小女孩坐在客厅里。

“则安，你的客人呀！”

妈妈说。

小女孩头上戴着一顶高得出奇、像个篓子似的帽子。

阿姨冲我点头哈腰地行礼。

“啊，我们是来感谢你写的报纸的。多亏了你，周刊杂志也介绍了，这次终于要上电视了。”

真不知道她在说些什么。

“郁金香开花了呀，漂亮极了！”

妈妈在一边插嘴说。

这时候，妹妹阿玉唱起歌来了：

“开花了——开花了——郁金香开花了——”

像是配合着歌曲，女孩悄悄地把帽子拿了下来。

她的头上开着红的、白的、黄的郁金香。

“啊呀，这是什么呀？好难看。”

从她乱七八糟的头发里面，刺眼地长出三朵郁金香。

“哈哈，真好玩！”

我一边笑嘻嘻地打趣她，一边揪住一根茎，冷不防就往上一拔。

“哇，痛！”

那个女孩夸张地大叫起来，手脚还一阵乱动。

我吓了一跳，连忙松开了手。

“喂，请注意一点！”

“则安，你别胡来！”

全乱了套。

“我不知道呀！”

我慌里慌张地逃走了。

事后，我从妈妈嘴里知道，好像住在附近的出版社的人，看了我写的报纸，写了一条短短的消息，登在了周刊杂志上。

于是，这就成了话题。女孩被人找到了，并且就要作为演员上电视了。

似乎就是为了这个，她们才来道谢的。

还送来一个看上去相当贵的蛋糕。

听了这些没头没脑的话，我真是哭笑不得。

想不到，还真有头上长郁金香的女孩！

或许我在什么地方听说过这样的事情，但自己早就忘记了？

那么，就不是《吹牛报》，而是《真话报》了哟！

怎么会变成这个样子？

不过，以前一直被人骂，这回不单被道了谢，还收到了蛋糕。

嘿嘿嘿，办报纸，倒是一桩不错的生意嘛。

我一高兴，决定再写一张《吹牛报》。

这一回，一定要比以前写得更加离奇。有可能发生的事情，绝不能被写进《吹牛报》。

写《吹牛报》实在是太有意思了。

一旦开始写起来，就算听见妈妈喊“吃饭啦”，我也不想停下来。

《吹牛报》第二号，是这样写的：

吹牛报

吹牛报

2

本报全是吹牛

面圈人

B君因为每天都不吃
饭，只吃甜面圈，所
以有一天，他的肚子突然
裂开了一个大洞。变成了
甜面圈人。

他急忙去看医生，可医生
却说：要是还吃甜面圈
就好不了啦。

最近这段时间，附近的人都知道我办报纸这件事了，所以，我也就用不着像过去一样，偷偷摸摸地去贴报纸了。

我把被雨水淋得皱巴巴的《吹牛报》第一号揭下来，把第二号贴了上去。

街道居委会的会长林田伯伯朝这里走过来。

“辛苦了，这块布告牌热闹起来啦。”

“不过，它都快烂掉了。”

“因为它太古老了。这块布告牌，是用庙里的神树锯开

做成的。神树不知站了有几百年，后来被一场暴风雨给刮倒了。嗯，这是神的布告牌啊！”

“哟，是吗？”

“我可是常读你的《真话报》啊！”

“啊，可是，这回换成了《吹牛报》。”

“什么？《吹牛报》？在布告牌上吹牛不好吧。”

“可不是在骗人啊！我清清楚楚地写上了这是在吹牛。而且，事情还变成真的了呢！”

我晃了晃撕下来的报纸。

“是这样吗？好吧，大家好像还挺高兴的。不会遭到惩罚的……嗯嗯，《吹牛报》……”

林田伯伯一边嘟囔着，一边走了。

哎呀，是神的布告牌啊……这么一说，我想起来了，是有人曾经说过，要是对菩萨不敬，会遭到报应。

我开始有点不安起来。

不过,《吹牛报》第二号,还是受到了空前的欢迎。

买东西归来的阿姨们,站在布告牌前,聊了起来:

“甜面圈人,有意思。”

“我也在肚子上开个洞吧!”

“是哟!比跳爵士舞还要有用!要是吃了甜面圈,肚子能好看的话……”

全是些无聊透顶的话。

闲得太过分了。

不过，如果大家读了报纸，觉得快活的话，我也高兴。

我心情好极了。

但是，过了两三天，又发生了怪事。

我想去书店转一转，走在路上，看见布告牌前面站着一个男孩。

渐渐地走近了，只见那小子冷不防举起喷筒，把鲜红的油漆喷到了报纸上。

“啊！你这小子！”

我跑起来。那小子发现了我，逃掉了。

“等等——”

我一叫，那小子反而转身向我冲来。

“你为什么要写这种事？”

他气呼呼的。

“咦？不会吧，你……你不会是一个甜面圈人吧？”

我提心吊胆地问。

谁知道，那小子却一脸认真地说：

“别假装糊涂了！你从哪里知道我的事的？这是绝对的秘密啊！”

这话说得太莫名其妙了。我大声地说：

“喂，甜面圈人根本就不存在的呀！

这是《吹牛报》，不过是让人读了哈哈一笑的啊！”

“你在说什么呢！我能笑得出来吗？也不替别人想一想。”

这小子还挺横。

“你什么地方有洞，让我看看。”

我这么一叫，那小子一声不吭地把毛衣的下摆往上一提。

“好，就让你看看吧！”

我想胳肢那小子的肚子，就把手朝他的肚脐眼儿伸了过去。

可手就好像是掉进了一个洞里。

我的手哆嗦着，朝里伸去。

“咦？”

我急忙缩了回来。

“怎么样？好好看一看吧！”

那小子把毛衣使劲儿往上一拉，肚脐眼儿上突然出现了一个大洞，都能看到对面。

“呀，是真的！”

真正的甜面圈人！

怎么会这样？

我的头都昏掉了。

“要是大家都知道了，可就麻烦了……”

那小子显得垂头丧气。

他就像我在《吹牛报》上写的怪人一样，让人恶心。还真有这种事情……

甜面圈人叫我一定要替他保密。

我答应他不乱说，便和他分手了。

可是，这马上就不是什么秘密了。

附近新开出一家甜面圈店。

“要不要吃甜面圈？肚子上开一个洞！”

写着这种话的广告单，撒得满街到处都是。

霓虹灯闪闪发光，华丽无比的甜面圈店还举行了开业大打折，热闹非凡。

来打工的、被叫作“甜面圈小姐”的女大学生，一边卖甜面圈，还一边用各种各样的手段促销。

有“甜面圈小姐选美”“甜面圈智力竞赛”，还有“甜面圈套圈游戏”和“甜面圈舞”……

结果甜面圈大受欢迎，店门口排起了长队。人们买的甜面圈就像山一样高。

“要吃多少个，肚子才能有个洞呢？”

“要是开了一个大洞，会有奖品吧？一定努力。”

人们一边说，一边吃起了甜面圈。

甜面圈

甚至还有人征集点子：肚子上的洞用来干点什么好呢？

阿姨们说的净是这种话。

“肚子上如果有了一个洞，正好放台圆形的闹钟。”

“那还不如放鱼缸。”

“是啊，养热带鱼怎么样？”

“太美了。作为一种装饰，肚子里面有天使鱼游来游去，真是太绝了。”

“我要放电视机。”

“哎呀，那还不如放台冰箱，多方便啊。”

“但是那太奇怪了，把吃的东西放到肚子里。”

大家到底在说些什么乱七八糟的话啊？！

3 猪报

我一出报纸，跟着就发生了怪事。

真的也好，吹牛也好，都会出问题。报纸上到底应该写些什么才好呢？

对啦，写比《吹牛报》更荒唐、绝对不可能发生的事情，总行了吧？

而且，索性不写人的事情。

想到这里，我来了劲头。

就出一张要多离奇就有多离

奇的报纸！

我一直写到晚上八点，报纸总算写好了。

我拿起它，朝小庙跑去。

我把它贴到布告牌上。报纸被月光一照，呈现出一种青白色，像是浮在那里。

明天早上，读到它的人，脸上该是什么表情呢？

吓一跳，站都站不住了吧？哈哈。

这一回，再不会有人说我了吧？

因为我没有写任何地方、任何人的事情。

我写的是猪，说不定猪会呼噜呼噜地叫吧！

猪报

猪月猪日星期猪

猪报

本报写的全是猪

明天是猪日

明天是猪日。成群的猪呼噜呼噜。你、我、还有大家一起来抓猪吧！

好猪和坏猪的区别方法是：

第二天，一到学校，大家全都在说猪。

“怎么才能抓到猪呢？”

“有抓猪的网子吗？”

“说是用水桶就行。”

嘿，大家已经读过《猪报》了。

真是没有想到，会有这么多人读过《猪报》了。

我挺高兴。

不过，总觉得有点怪怪的。

中午休息的时候，校内广播里播放了教导主任的话：

“嗯，明天是猪日，学校放假。

猪时间是，下午一点开始，两点结束。

大家努力去捉猪吧！”

在说什么呢?!

我不记得我写过猪时间。

而且，学校还放假。

想不到，那么一本正经的教导主任还开玩笑。

“喂,什么叫猪时间?”

一问同学,大家把我当成了傻瓜。

“猪时间就是猪时间呀!你在说什么呢,十元便宜货?”

我什么也问不出来。

我担心起来。

猪日好像要发生什么可怕的事情。

猪肉日我以前倒是听说过,每个月的十号,猪肉比平时卖得便宜。

但不可能有猪日这样一个节日。

从学校回家的路上，我看见住在附近的阿姨们正站在路中央聊天。

“真盼着明天的猪时间啊，猪好可爱哟！”

“不过，不知道猪会从什么地方出来，叫人担心。”

“真受不了。我对猪过敏，一看到猪，浑身就发痒。”

听着听着，就让人觉得明天真的是猪日一样。

不过，明天学校真的放假吗？

那天晚上，连电视新闻里也这样报道：

“明天是猪日。

在猪神庙里，将举行猪节活动。

今天晚上，会有数不清的人提着猪灯笼，排着队，一边走，一边呼唤猪。

这叫‘请猪’，是一种罕见的仪式。

明天，要是有成群的猪出现就好了。孩子们正盼望着猪时间快点到来呢。”

什么时候开始有了猪节呢？

我问妈妈，却完全说不到一起去。

“为什么明天是猪日？”

“为什么？因为有猪出来，就叫猪日啊。如果有牛出来，就是牛日。如果有怪兽哥斯拉出来，就是怪兽哥斯拉日。”

“那这么说，也有怪兽哥斯拉时间啦？”

“明明是猪日，怎么会有怪兽哥斯拉出来？快给我睡觉。”

我的脑袋更加糊涂了。

第二天早上，我被妹妹阿玉的歌声吵醒了。

“猪爬得——比屋顶——还要高——”

她一边唱着乱七八糟的歌，一边跳。

我枕头边上，放着网子。

爸爸嘿嘿地笑着说：

“昨天晚上买的，多抓些猪吧！”

“这不是捕虫网吗？用它是抓不到猪的。”

“行啊行啊，尽量抓小的。做个迷你猪屋，养头小猪，那才有意思呢！”

我不知道他在说些什么。

爸爸也不去上班，就这么闲待在家里，不要紧吗？

到外面一看，别人

家也像是过星期日似的，十分悠闲。

而且，天上到处飘着鲤鱼旗（用纸或布仿照鲤鱼形状做的筒状旗帜，日本端午节挂在室外的吉祥物）一样的布条。

“咦，猪旗？”

这可完全是一片节日气氛了。学校好像也真的放假了。市政府的车子，开着喇叭，在大街上转来转去。

“猪时间从一点开始，两点结束。这段时间不能使用自来水，请注意防火。”

街道居委会的会长林田伯伯，穿着漂亮的运动服，头上扎着头巾，意气风发地从我边上走过。

“早上好。抓猪用这个才行。哈哈。”

他干劲十足，手上舞着一把打门球的木槌。

早上就闹成了这个样子，到了猪时间，又会变成什么样子呢？

吃完中午饭，在等待中，时钟的指针终于指向了一点。

呜——呜——呜——

到处响起了警笛声。

连寺庙的大钟，也咣地敲响了。

“要出来啦！则安，你拿上网子。阿玉，你拿上水桶。”

爸爸挽起袖子，劲头十足。

“呀，出来啦！”

从什么地方传来了吵闹声。

“从什么地方出来呢？”

妈妈在屋里转起了圈子。

“准备好了！先是这里！”

爸爸把壁橱的门拉开了一道缝。

呼——，五六头和狗差不多大小的猪，活蹦乱跳地冲了出来。

“出来喽！”

爸爸啪的一声关上了门，朝猪扑去。

6

猪逃得飞快，一下就从爸爸手里逃了出去，咚咚咚，逃掉了。

“哈哈，失败了！”

爸爸笑了。简直就像是在捞金鱼。

“壁橱里面怎么会有猪呢？”

我又悄悄地把门打开了，呼——，又有五六头猪冲了出来。

“哇！”

猪从我的脑袋上飞了过去，咚咚咚，逃掉了。

“不行呀，瞧你那战战兢兢的样子。”

我被爸爸训了一顿。

“这次是衣柜了，拿好网子！”

爸爸打开一头的抽屉，呼呼呼呼呼！

比猫还要小的猪，一头接一头地冲了出来。

“喂，则安，你发什么呆呀？网子！网子！”

爸爸操着褥垫，转着圈儿追猪。

小猪像老鼠似的，哧溜一下就逃掉了。

“哎呀，快来呀！这里这里。”

阿玉在厨房里叫起来。

我跑去一看，碗橱里面猪呼呼呼呼地直叫。

“啊，出来了出来了！”

妈妈正要拿锅去扣，恰好从锅里面跳出来两三头猪，她连忙扣住了锅盖。

呼呼呼呼，猪在锅里闹翻了天。

锅盖咣当咣当响。

“啊呀！”

妈妈按不住锅盖了，手松开了。

猪咚咚咚咚咚地逃了。

“这里面呢？”

阿玉打开了冰箱的门。

呼呼呼呼呼。

“哎呀，好凉！”

像冰块一样凉的猪。照这样下去，要是不注意把烤箱的门打开了，说不定会跳出烤猪来！

“还是别乱开门了吧！”

“你在说什么呢？看，又出来啦！”

妈妈拧开水龙头，呼呼呼呼呼，黄豆一般大的小猪一泻而出。水槽里全是猪。

“这是什么呀？是水猪吗？”

猪从四面八方钻出来。打开柜子，呼。打开抽屉，呼呼呼。衣橱后面，窗帘后面，沙发底下，呼呼呼呼呼，呼呼呼呼呼。有大的猪，也有小得和蟑螂一样的猪。

“抓啊——”

爸爸嚷道。可是，抓呀抓呀，猪哧溜一下就滑走了，逃了，根本就抓不住。

不光是我们一家发生了骚乱。

附近的房子、道路、公园，到处都有猪在跑来跑去。

掀开下水道的盖子，大猪一头接一头冲了出来。

消防车一边呜——呜——地呜着警笛，一边飞驰而来。

“请把从一号街出来的猪，赶到本町小学集中；把从二号街出来的猪，赶到森林公园集中。”

喇叭里喊道。

“用水冲猪吧！”

消防员握住水管，摆好了架势，但从水管里喷出来的却不是水，呼呼呼呼呼，全是猪。

“哇，怎么回事？”

消防员吓了一大跳，逃走了。

猪一个劲儿地往外涌，根本就抓不住。不管什么地方，全是猪猪猪猪猪猪猪，成了猪的洪流啦！

已经不知道猪是从什么地方冒出来的了。

呼呼呼呼。呼呼呼呼呼。吵死了，吵得人头都疼了。

“怎么会有这么多猪啊？”

我突然讨厌起猪来。

“那边！过那边去！”

我把身边的猪推开了。

可是，猪反而朝我这里涌过来。

呼呼呼呼。呼呼呼呼呼。

大的用鼻子拱，小的，干脆就直扑过来。

“哇，救命！”

简直成了猪的地狱。我被猪包围了，挤得我受不了啦。

就在这时，四下里响起了警笛声。

呜——呜——呜——呜——呜——

“现在是两点，猪时间结束了。”

喇叭里高声叫道。

刹那间，猪们就像水流似的，咚咚咚咚咚，一起朝房子外面跑去。

道路上成了猪的河。猪排着队，跑走了。

一转眼的工夫，一头也不剩了，不知跑到什么地方去了。

“哇，不得了。则安、阿玉，你们没事吧？”

“啊啊，太好玩了。”

爸爸和妈妈都是笑嘻嘻的。

嘿，这就是猪时间啊……

结束得也太快了，我好没劲儿，一下子变得无精打采。

猪时间之后，是猪节。

人们抬着猪轿子，和着猪号子，跳起了猪舞，吃起了猪馒头，度过了热热闹闹的一天。

那以后的两三天，也就那么稀里糊涂地过去了。

有时，我会突然想起猪日的事情，还有点后怕。

是不是因为我在报纸上写了“猪日”，猪才跑了出来呢？

还好，写的是“猪日”，一天就完事了。要是写了“今年是猪年”的话，那说不定一整年里都会有猪跑出来。

看来不能在报上乱写怪事。

真的是那块布告牌的原因吗？

因为它是神的布告牌！

不过，等一下。

如果我写在报纸里的事，全都照样发生的话，嘻嘻嘻……那我不写那种怪事了。嘻嘻嘻，我要是写点更好的事就好了。

好，就写这个。

我决定马上就写报纸。

吹牛真话报

考试了，大家尽情地玩吧。

放学回家路上，畠山则安在路上捡到一大沓钱，有两千万元。他诚实地交给了警察。失主说谢谢，作为谢礼，给了他二百万元。

吹牛真话报

本报虽然全是吹牛，却全会成真

假期增加了

秋假

真开心

明天学校开始放假。校长说，有春假、暑假、寒假，却没有秋假，这不奇怪吗？这次开始放秋假。所以也不

“哈哈哈，把它一贴，学校就放假了，考试也不考了。而且，我还成了一个大富翁。哈哈哈。”

我拿着写好的报纸，冲出门去。

可我兴高采烈地跑到庙前，却倒吸了一口冷气。

“啊？没了！”

布告牌没有了。

街道居委会的会长林田伯伯烧起了一堆火。

仔细一看，燃烧的不正是那块布告牌吗？

“啊啊啊，啊——啊——”

“哟，是你呀！前几天它被猪撞倒了。”

“猪，是猪撞倒的吗？”

“因为它已经烂透了，早晚要倒。我已经求人做新的布告牌了。等做好了，你就可以再往上贴报纸了。铝的布告牌，可漂亮了。”

“铝……铝的不行吧？不是神木不行。”

“什么神木，那都是传说的。”

“唉唉……”

这下完了。

好不容易写的报纸。

我怎么也不死心，把烧剩下的布告牌的木头收集到一起，自己用钉子，做了一块小小的布告牌。

“虽然样子不好看，对付用吧！”

我把报纸贴了上去。

但是，果然没用。

第二天，我一到学校就想，会不会放假呢？从第一节课我就开始盼着。

不过，也不是一点效果都没有。

稍稍有一点作用。

考试延期到了下个星期。

而且，我还捡到了一个一百元的硬币。啊——啊——

没过多久，新的布告牌就竖了起来。明晃晃的，可实在不像是一个贴《吹牛报》的地方。

当一回报纸记者吧

矢玉四郎

则安办了《真话报》《吹牛报》，甚至还办了《猪报》，那每天投到你们家里的报纸，每一个字都是真实的吗？

经常有人会说："电视里说的是真的""是拥有一幢大楼的大报纸，不会错的"。这绝对是大错特错了。

为什么这么说呢？因为不是大楼在办报纸，而是一个一个的人，和你一样的人在办报纸，所以才会有错误。

明明不是小偷的人，被当成了小偷，不是照片被登在了报纸上，就是被摄像机追得团团转。事后发现弄错了人，说声对不起。

对比一下各种报纸，你会发现，同一件事情会有各种各样的写法。你会明白，办一张报纸有多难！

那么，怎样才能知道事情的真相呢？就是不要听信谣传，用自己的一双眼睛去确认。要把自己当成一名真正的报纸记者去看事物。

还有，办《吹牛报》，有和办《真话报》不一样的难处，因为你要无中生有把事件编出来！可是也正因为这点，才有意思。

你也当一回报纸记者，办一张《吹牛报》《真话报》，试一试吧！

图书在版编目(CIP)数据

明天是“猪日”/(日)矢玉四郎著;彭懿译. --
南昌:二十一世纪出版社集团, 2024.6
(晴天下猪系列)
ISBN 978-7-5568-8195-6

Ⅰ.①明… Ⅱ.①矢… ②彭… Ⅲ.①儿童故事-日本-现代 Ⅳ.①I313.85

中国国家版本馆CIP数据核字(2024)第071910号

明天是“猪日”/[日]矢玉四郎/著 彭 懿/译
MINGTIAN SHI “ZHURI”

出 版 人	刘凯军
策划编辑	彭学军 魏钢强
编辑统筹	谈炜萍
责任编辑	孙睿旼 刘晨露子
出版发行	二十一世纪出版社集团(江西省南昌市子安路75号 330025)
网 址	www.21cccc.com
经 销	新华书店
印 刷	南昌市红星印刷有限公司
版 次	2002年9月第1版 2014年5月第2版 2024年6月第3版
印 次	2024年6月第1(总第31)次印刷
印 数	1～5,000册
开 本	889 mm×1194 mm 1/24
字 数	34千字
印 张	$3\frac{1}{3}$
书 号	ISBN 978-7-5568-8195-6
定 价	20.00元

赣版权登字-04-2024-319
购买本社图书,如有问题请联系我们:扫描封底二维码进入官方服务号。
服务电话:0791-86512056(工作时间可拨打);服务邮箱:21sjcbs@21cccc.com。